LES

CAUSEURS D'ÉLITE

PARIS. TYPOGRAPHIE DE E. PLON ET Cie, RUE GARANCIÈRE, 8.

LES

CAUSEURS D'ÉLITE

SUIVIS

DE MOTS INÉDITS

PAR

EUGÈNE CHAPUS

PARIS

MAISON SIRAUDIN

17, RUE DE LA PAIX

1875

THÉORIE

DE

LA CONVERSATION

NOUVELLE ÉDITION

SOMMAIRE.

En quoi consiste le talent de la conversation. — On juge un homme à sa phrase. — La conversation est la physionomie de l'intelligence. — L'âge trahi par les mots. — Les locutions, comme les modes, ont leurs dates. — Victoires, conquêtes et désastres de la conversation en France. — Les vocabulaires historiques. — Comment parle le grand monde. — Des conversations pleines de bonnes pensées qui en font naître de mauvaises. — Pourquoi les femmes causent bien. — Des sujets de conversation qui leur conviennent. — Des qualités indispensables pour réussir dans l'art de la conversation. — Comment on intéresse. — De la conversation parisienne. — De l'appropriation des mots, des idées, avec l'âge. — Des gens qui nous ennuient et des gens que nous ennuyons. — De l'influence du théâtre sur la conversation. — Du rire. — Des expressions usées, banales. — Des compliments. — De la moquerie. — Ce que c'est qu'un salon. — Du silence, etc.

THÉORIE

DE

LA CONVERSATION

Lorsque les Orientaux vont se visiter, ils emportent avec eux une quantité de petites fantaisies aussi remarquables par le goût que par leur valeur : ce sont des flacons d'essence, des éventails, des bijoux, une émeraude enchâssée, une épingle d'opale, des cassolettes ciselées, des boîtes en bois de rose embaumées de musc avec incrustations d'or, des chapelets d'ambre; c'est une collection de petites merveilles de l'Orient.

Presque toujours leurs réunions sont silencieuses. La nonchalance orientale se contente des jouissances qui naissent de la pensée, du sentiment, des impressions de la vue et de l'odorat. Ils concentrent leurs sensations, qui sont d'autant plus vives qu'elles ne s'évaporent pas; mais pour se dispenser d'avoir de l'esprit et aussi pour traduire le plaisir qu'ils ressentent d'un bon accueil ou du charme qu'ont pour eux, soit les lieux, soit la compagnie, ils ont coutume de moment en moment de s'offrir mutuellement des cadeaux; c'est un échange perpétuel entre le visiteur et le visité. Les libéralités, cela se conçoit de reste, sont toujours en raison du contentement qu'ils éprouvent, si bien que quelquefois dans une séance toutes leurs réserves s'épuisent.

Les Occidentaux, moins paresseux et moins riches, ont inventé la conversation pour suppléer cet usage.

Les parfums, les bijoux et l'ambre de l'Orient sont remplacés chez nous par les phrases polies, les pensées d'or, les jolis à-propos, les piquantes anecdotes, les compliments et les narrations brillantées de la conversation.

Parmi nous, qui cause bien exerce autour de lui une influence assurée, une séduction secrète, un magnétisme irrésistible.

Il importe donc de bien parler.

C'était un talent fréquent dans le grand monde de l'ancienne France. Aujourd'hui il est fort rare. On peut dire avec justesse que jamais époque ne fut plus parolière que la nôtre, et que jamais on ne causa plus mal. Jamais on ne se servit autant du talent de la parole dans les transactions de la vie, et jamais époque ne fut plus stérile dans l'art de la conversation.

L'égalité des temps modernes ne s'est encore mieux traduite que par cette incapacité à peu près générale du beau parler.

A Paris, cette fourmilière de hauts talents, l'éloquence se trouve à chaque pas, l'esprit partout, l'art de la conversation rarement.

On ne le possède qu'à certaines conditions.

Il exige un talent naturel.

Autrefois, quand on ne l'avait pas, on l'acquérait.

Nous allons dire comment.

Les orateurs de profession se trompent quand, en causant, ils pérorent, quand ils croient pouvoir se livrer aux mouvements d'éloquence qui leur réussissent dans les solennités d'un auditoire public. Cette éloquence ressemble aux décorations de théâtre qui, vues de près, produisent un mauvais effet. Il leur faut une certaine perspective. On peut encore les comparer aux costumes qui brillent, grâce à l'optique. C'est trop ample, trop *forum* pour le salon.

En général, la majesté est une forme qui convient aussi peu à notre parole qu'à nos habits.

On se réunit dans le monde pour se récréer. Une des causes qui nuisent dans la conversation au succès des parleurs de profession, c'est qu'ils perdent de vue que se récréer, ce n'est ni s'instruire, comme à la Sorbonne, ni admirer, ni poser pour être admiré, ni s'étonner; encore moins faire de la discussion comme au Parlement. M. de Fénelon, qui savait cette vérité, mettait au petit nombre des heureux ceux qui s'amusent en s'instruisant : consultez l'épigraphe du *Télémaque.*

Les grands artistes en éloquence, les professeurs, les politiques, les prédicateurs, les avocats, ont pour but de nous apprendre ce que nous ne savons pas, de nous convaincre au profit d'un intérêt ou d'une passion, enfin de faire valoir à nos yeux le mérite des sacrifices et de l'abnégation. Tout cela est utile, intéressant; cela nous agite, nous console, nous améliore, mais cela n'est pas amusant, cela n'est pas converser.

Si votre talent naturel manque de mobilité, si, comme le verre taillé à facettes, il ne reflète pas, en les multipliant, les couleurs et les formes des objets qui rayonnent autour de vous, si votre talent n'est semblable au kaléidoscope, à qui la plus imperceptible oscillation suffit pour changer, modifier, créer un dessin nouveau, vous n'aurez que des succès d'estime dans la conversation; on dira que vous parlez, mais que vous ne causez pas. Cette mobilité de l'esprit, ou plutôt cette aptitude à varier ses tons et à s'assimiler ce qui est en contact avec nous, est une qualité précieuse, car elle est rare.

Il y a des chanteurs qui ne plaisent que médiocrement, et cela malgré leur belle voix, leur belle méthode. Voici pourquoi : c'est que leur talent n'a souvent qu'une allure. Ils ne sortent pas du mouvement lent, de la phrase ample. On est condamné, avec eux, à subir éternellement le *largo*, l'*adagio*, ou tout au plus l'*andante*. Il prend des fantaisies, en écoutant ces chanteurs, de les pousser pour qu'ils galopent un peu. Leurs voix ne parlent pas, ce sont des instruments.

Pour comprendre à quel point la mobilité est une qualité essentielle à l'esprit, ne suffit-il pas de faire remarquer que les plus belles choses du monde cessent, à la longue, d'agir sur nos sens et d'éveiller soit notre enthousiasme, soit le plaisir ?

Celui qui chaque jour assiste au lever du soleil devient indifférent à ce spectacle.

La vue de l'Océan, après avoir secoué en nous toutes les cordes de l'admiration, finit par nous laisser froids après trois jours de voyage.

Un feu d'artifice qui durerait six heures de suite deviendrait un supplice pour les yeux et l'esprit.

La plaisanterie elle-même doit avoir ses limites. Elle tient surtout à la surprise, et on ne saurait être surpris une heure de suite.

2

Il y a beaucoup de parleurs éloquents qui sont de véritables levers de soleil !

Le docteur Johnson, pendant trois quarts d'heure, avait entendu un pianiste célèbre braver et surmonter des difficultés inouïes sur son instrument. Ayant été abordé par l'artiste, celui-ci le trouvant froid et voulant connaître son opinion :

« Docteur, lui dit-il après un moment de silence, vous n'avez pas idée à quel point le morceau que je viens de jouer était difficile !

— Plût à Dieu, lui répondit Johnson en riant, qu'il eût été impossible ! »

L'art de la conversation consiste souvent à saisir le rapport bizarre, éloigné, par lequel se lient deux choses qui, aux yeux de tous, ne semblent avoir aucune liaison entre elles.

L'imprévu avec lequel cette liaison est indiquée est une grande source de plaisir pour l'esprit, c'est un pont jeté sur votre chemin qui vous conduit du pays que vous avez parcouru à un pays nouveau ; une porte ouverte dans une glace qui vous révèle un salon que vous ne devinez pas.

Il existe, nous l'avons dit, diverses catégories de conversation : la conversation lingot, la conversation d'or monnayé, la conversation d'argent, la conversation gros sous, et le plomb.

La conversation lingot ou minerai, si vous voulez, malgré sa valeur réelle, ne peut servir ni à nos besoins ni à nos plaisirs. Il manque à cet or le bruni, la façon, l'alliage et le millésime qui donnent cours. Les grands penseurs, métaphysiciens, astronomes, savants, arrivent souvent dans un salon la gorge pleine de lingots. Le monde, qui voit cela, se dit comme le coq de la fable.....

Les ignorants qui trouvent naturellement important ce que le hasard d'une rencontre ou d'une lecture leur a fraîchement appris, ceux qui acceptent les banalités que le temps a mises en circulation, ceux pour qui les proverbes, les romans et les vaudevilles sont des entrepôts où leur intelligence s'approvisionne, ceux-là commettent la conversation gros sous ! Ils ont des formules toutes faites, des phrases daguerréotypées qui viennent tomber inévitablement à votre oreille. L'homme de goût entend le singe et, comme le dauphin, le laisse glisser.

Un de nos amis fut abordé un jour par un de ces fâcheux en conversation, à qui depuis longtemps il devait plusieurs visites :

« Pendant huit jours, lui dit notre homme, j'ai souffert d'une affreuse névralgie; je ne pouvais plus parler.

— Diable! j'en suis fâché, mon ami; si j'avais su cela, je serais allé vous voir. »

Un des caractères des gens d'esprit, c'est l'art ou l'habitude qu'ils ont, soit de broder toujours un aperçu neuf sur l'idée commune par laquelle ils sont obligés de passer, soit de la revêtir d'une forme originale.

On juge un homme à sa phrase; c'est l'échantillon détaché qui suffit pour qu'on connaisse son étoffe.

La conversation est la physionomie de l'intelligence.

Il y a des conditions qui se trahissent par un seul mot.

Donnez-m'en un de la conversation d'un homme, et je vous dirai son rang, son instruction, son savoir-vivre; si c'est une femme, je vous dirai même son âge!

Qui ne sait qu'au bal, par exemple, l'âge des femmes se reconnaît généralement plus aux pieds qu'au visage? Eh bien, de même que certains pas disent telle ou telle année, certains mots disent aussi vingt, trente-cinq ou cinquante ans.

A Paris, il y a un temps de vogue non-seulement pour les coupes d'habits, mais pour les façons de dire. Ces locutions sont comme des médailles qui portent leur date. Quand elles sont de mode, on les emploie à fatiguer, à tort et à travers, à tout propos et sans propos. Or, pour les habitudes de langage, de même que pour les modes, beaucoup de personnes parmi les contemporains leur survivent. Ce sont des glossaires! On a bien de la peine à mettre de côté les mots avec lesquels on produisait quelque effet en causant.

Il y a vingt-cinq ans à peine, on rencontrait encore dans nos salons des femmes qui au bal risquaient par aventure un jeté-battu et des flics-flacs. On n'avait que faire d'interroger leur visage; ces femmes dataient de l'Empire, elles étaient du bon temps de M. Trenitz et de Pastourelle. Soyez assuré que si l'une d'elles avait voulu exprimer qu'une parure seyait à une femme, elle eût infailliblement dit : « *Cela va aux oiseaux!* »

Son langage avait mille échappées de ce genre.

Une femme aujourd'hui risque-t-elle un pas de galop ou des glissades dans un quadrille, c'est la Restauration personnifiée. Parle-t-elle d'un chapeau de paille d'Italie, d'une guimpe de dentelle, elle dira : « *C'est un amour* que cette guimpe, *c'est-à-dire* que je n'ai jamais rien vu de mieux. »

Le milieu dans lequel nous vivons déteint sur nous.

Les négociants, les banquiers, quoi qu'ils fassent, s'ils ont un renseignement à vous dire, vous le donneront toujours un peu pour *votre gouverne*.

Le monde prétentieux et commun de la société

parisienne a des locutions caractéristiques. Une bourgeoise veut-elle exprimer son admiration pour un chanteur, elle dit : « *Il est délirant*, son fils est un *moutard*. »

Voici des observations très-fines, dans le même esprit, qui ont été faites par d'autres que nous :

Vous rencontrez en voyage une femme dont la tournure est noble, dont les manières sont élégantes. C'est une femme très-distinguée, dites-vous à votre compagnon de voyage; c'est peut-être la princesse de....., qui doit être dans les environs. Alors vous êtes respectueux, vous parlez plus bas et vous écoutez.

La soi-disant princesse cause avec une de ses amies :

« Vous êtes déjà venue à Genève, je crois, dit celle-ci.

— Oui, répond la princesse, mais il y a bien longtemps, quand *j'étais demoiselle.* »

Oh! oh! pensez-vous, ce n'est pas la princesse de...; c'est sans doute madame Lemarchet, la femme de ce riche négociant. Alors vous êtes toujours respectueux; mais vous êtes moins sévère pour vous-même, vous regardez les voyageuses avec plus de confiance. La femme du négociant, naguère princesse, continue sa conversation avec son amie, qui s'informe de ses projets et dit :

« Nous irons demain voir les rochers de Saint-P...

— Non! non! répond vivement la fausse princesse, je suis trop fatiguée; je veux me reposer, et demain je resterai sur *mon sofa* toute la journée. »

Ce mot suffit pour vous éclairer; vous devinez soudain à qui vous avez affaire, et vous agissez très-librement. Et c'est justice : une femme qui dit *mon sofa* ne mérite aucun égard.

Que de mots encore qui trahissent chez les gens du monde les antécédents les plus vulgaires, et qui servent de renseignements infaillibles!

Tarabiscoter! rococo! renversant! mirobolant! ont eu leur vogue, qui, passant des petits feuilletons dans le petit nombre, se sont aplatis en s'usant.

Chaque cycle de notre civilisation turbulente depuis 1792 se distingue par une phraséologie caractéristique.

Après le 9 thermidor, c'est le dévergondage et une sorte de férocité gaie : on sortait des griffes de l'hyène révolutionnaire. Il y avait des *bals à la Victime.*

Le Directoire eut un langage affadi, éreinté.

L'Empire, trop agité malgré son éclat, fut un mélange de recherches prétentieuses et d'imitation stérile; on voyait poindre l'ignorance du parvenu mêlée à la brusquerie du soldat. Plus durable, cette époque eût infailliblement imprimé au langage un caractère plus accusé.

Sous la Restauration, le grand seigneur revenait à la mode.

Pendant le règne de Louis-Philippe, l'argot surgit; l'époque se reflète dans les *Mémoires de Vidocq* et les *Mystères de Paris.*

La cause principale à laquelle la conversation des grands seigneurs d'autrefois était redevable de son élégance et de sa distinction, c'est qu'ils vivaient dans une sphère inaccessible aux misères, aux bassesses de la plupart des conditions.

Il en est de même de la bonne compagnie anglaise d'aujourd'hui.

Rien de pauvre sous les yeux, rien de laid, rien de rabougri. Au contraire, tout, autour d'elle, respire le luxe, l'opulence; l'art resplendit partout : on a soin d'éloigner ce qui peut blesser les sens. D'où il suit que les sens n'étant jamais affectés désagréablement, l'esprit n'est jamais obsédé par des impressions pénibles ou par de mauvaises images, et la conversation reflète la transparence et la délicieuse pureté de l'atmosphère qui les enveloppe.

Le grand monde ne parlait ni comme un avocat, ni comme un prédicateur, ni comme un financier. Il parlait comme madame de Sévigné, qui écrivait mieux que la plupart des seigneurs, mais qui ne causait pas avec plus d'agrément.

Les lieux sont pour beaucoup dans les idées qui viennent aux gens, même dans le son de leur voix; cela est tellement vrai, qu'il y a des conversations de localité. A Paris, les cafés et les coulisses offrent des exemples remarquables de cette observation. Les vaudevillistes en général ont prodigieusement d'esprit, mais c'est entre eux. Transplantez-les, ils sont éteints; ces mêmes hommes, hors des coulisses ou du café, n'en auraient que peu. En général, c'est de l'esprit qui ne se traduit pas, que le leur. Il n'est pas dans la pensée précisément. C'est le résultat tantôt d'une assonance, tantôt d'une interprétation arbitraire accidentelle; c'est un cliquetis de phrases; c'est l'adresse ou l'instinct de trouver un sens à des mots.

A ce sujet, je rappellerai le mot d'un critique anglais, grand ennemi des calembours; il disait que qui *faisait le calembour* était capable *de faire le mouchoir !*

Les médecins ont coutume d'appeler chaque chose par son nom; ils ont une incontinence de mots propres qui fait grincer les oreilles des gens délicats.

Il importe de se garder de ces conversations remplies de bonnes pensées qui en font venir de mauvaises!

Plus on a d'imagination, nous l'avons dit, et plus la conversation brille. La raison philosophique de cela, c'est que l'imagination nous enlève à nous-même pour nous porter hors de notre individualité. L'égoïsme est mortel à l'esprit de conversation; les hommes d'affaires et d'argent sont condamnés à cet égard à une éternelle nullité. Ils se mettent continuellement en scène.

On n'intéresse les autres qu'en s'oubliant.

« Une des choses, dit La Rochefoucauld, qui fait qu'on trouve si peu de gens agréables dans la conversation, c'est qu'il n'y a presque personne qui ne pense plutôt à ce qu'il veut dire, qu'à répondre précisément à ce qu'on lui dit. Les plus habiles et les plus complaisants se contentent de montrer seulement une mine attentive, en même temps que l'on voit dans leurs yeux et dans leur esprit un égarement pour ce qu'on dit et une précipitation pour retourner à ce qu'ils veulent dire. »

Les femmes brillent dans la conversation parce que leur nature est toute d'assimilation et d'imprégnation; elles s'identifient avec l'esprit qui est devant elles.

Mais pour qu'une femme soit réellement aimable, il est à peu près démontré qu'il faut qu'elle soit livrée à son instinct de femme, c'est-à-dire aux lumières de son cœur.

L'instruction qu'on leur donne dessèche parfois leur séve naturelle.

Jadis les femmes ne savaient pas l'orthographe, et les hommes étaient toujours près d'elles.

Aujourd'hui, on l'a remarqué avec raison, elles savent la physique, elles sont fort en état de *soutenir la conversation* avec les hommes, et les hommes les laissent seules.

En Angleterre, c'est du jour que les femmes se firent *bas bleus* que datèrent les clubs.

Une femme lettrée est comme un être qui a renoncé à l'usage de ses jambes pour marcher à l'aide d'échasses ou de béquilles. Elle fait de plus grands pas, mais n'arrive jamais.

La grosse politique ne sied à la femme à aucun âge.

Une opinion qui ne peut être appuyée par l'action est comme non avenue.

Quand la femme d'Hector — je cite l'*Iliade* — vient discourir avec son mari sur les plans et l'opportunité de la bataille qui est à la veille de se livrer sous les murs de Troie, le héros supplie Andromaque de laisser là ce sujet de conversation, et l'engage à se rendre auprès de ses femmes et à s'occuper de son rouet!

Il n'existe pas de conversation sans bienveillance, sans politesse, sans imagination, sans esprit naturel, sans bon sentiment. Ni l'érudition, ni l'éloquence, ni le trait, ni le *brio*, ni la raillerie, ne font un causeur charmant et véritablement accepté.

A Paris, l'égoïsme est le climat du pays; l'hospitalité y est inconnue.

Les politesses et les invitations dont vous êtes l'objet de la part des Parisiens ont l'air de vous être faites en *reculant*.

Cela s'explique à merveille, par la raison suprême que voici : c'est que les Parisiens n'ont besoin de personne pour s'amuser. Leur vie, à eux, c'est la vie du dehors. Or il est démontré que l'hospitalité, chez les peuples, est toujours en raison de l'ennui qu'ils éprouvent. Plus un peuple est hospitalier, plus il est ennuyé. Un étranger est pour lui une épave de prix que chacun se dispute. Mais si cette raison philosophique explique et justifie presque l'égoïsme du Parisien, elle explique aussi pourquoi, à Paris, la conversation, en général, est si insignifiante et décolorée; elle sent toujours le pays. Elle aurait besoin d'être saupoudrée du pittoresque étranger.

Les Parisiennes, si parfaites dans la science plastique de la toilette, si nettes, si épinglées dans leurs ajustements, sont d'*une réserve* inimaginable dans le fond de leur conversation; elles ne s'écartent guère d'une trentaine de banalités dites de la manière la plus facile du monde.

Malgré leurs réunions, leurs cohues d'hiver, les Parisiens étant privés de ces relations intimes, de ces coins de feu qui font le charme de la vie de province et servent d'apprentissage aux aptitudes spéciales pour la conversation, vont chercher leurs modèles au théâtre. Leur mémoire se farcit d'une foule de quolibets, de petites phrases à effet dont ils se servent ensuite quand le hasard en fait l'opportunité, ou qu'elles arrivent à peu près bien. De là, si vous le remarquez, une absence complète de mots véritablement *de situation.*

Ce sont des raccordements, des rapiécetages plus ou moins adroits. L'inspiration spontanée n'y est pour rien.

Je ne connais pas de pays où l'on fasse un abus plus ridicule du mot *monsieur* et du mot *madame.* Les bourgeois croient donner une importance, une valeur excessive à leur langage à l'aide de ces deux mots. *Monsieur, madame,* bien encadrés, mis au début ou à la fin d'une phrase, c'est de la dignité, du savoir-vivre, de la grâce, que sais-je ?... *Madame* veut-elle ? — Comment donc, *Madame!* — Assurément, *Madame.* — Mais, *Madame,* je vous en prie. — C'est singulier, *Madame,* comme.....

De même que du parfait rapport entre le caractère des ajustements et le caractère de la personne naît l'élégance, le charme de la conversation ne résulte que de l'appropriation des mots et des idées avec l'âge.

Il y a un ton, des manières, des idées qui conviennent à la jeunesse. Si les bracelets, les plumes, les rubans roses et vert-pomme jurent avec les physionomies flétries, les ornements du langage, les rechercheries de mots, les inflexions affectées de la voix jurent également avec certains âges. Beaucoup rappellent, dans leurs conversations, ces coiffures qui étaient à la mode il y a vingt ans.

« Les femmes mettaient sur la tête toutes sortes de choses, tout ce qu'elles trouvaient, quelquefois tout ce qu'elles possédaient : des chiffons, des dentelles, des tapons de velours, des hérons, des plumeaux, des flèches, des broches, des poignards, des fourchettes anglaises, des couteaux de dessert, etc. »

« Le plus dangereux ridicule des vieilles personnes qui ont été aimables, dit un moraliste, c'est d'oublier qu'elles ne le sont plus. »

A ce sujet, nous ferons observer qu'on n'imagine pas combien il faut d'esprit pour n'être jamais ridicule!

Passé trente ans, les femmes doivent se garder d'adopter de ces formes de langage qu'on prend pour amuser les enfants.

Passé quarante, les hommes ne doivent point parler eux-mêmes de leurs succès. Il n'y a pas d'art qui puisse faire admettre cet anachronisme. Les femmes ne doivent se servir de mots techniques qu'avec sobriété. Une jeune fille jamais. Sous aucun prétexte, elle ne saurait parler d'épigastre, de diaphragme, de de tangente, de cotylédon et de cryptogame.

Il y a d'ailleurs des mots techniques qui impliquent, quand on s'en sert, la connaissance d'un métier; il faut avoir un grand soin de les éviter.

Les mots usités dans les ateliers, dans les coulisses, les mots d'argot sont ignobles; ils détruisent la bonne tenue du langage; ils font dans la conversation l'effet d'une taie sur l'œil!

La conversation élégante n'exige rigoureusement l'emploi de mots techniques que ceux qui ont trait à la *guerre*, au *turf* et à la *chasse*. La chasse surtout. Et encore faut-il toujours les employer avec mesure.

Quand on se pique de bien parler, on ne saurait impunément dire le *poil* d'un cerf pour son *pelage;* les cornes et la tête pour le bois et le massacre. On n'envoie jamais un loup à la *pâture*, mais au *carnage*. Un renard ne se prend pas au piége, mais dans un traquenard. La peau, le nez, les oreilles, la queue, la tête et les pieds du sanglier se traduisent par les *parois*, le *boutoir*, les *écoutes*, les *vrilles*, la *hure*, et les *traces*.

Il faut conter avec sobriété. Autant une narration

originale mais contenue dans les limites restreintes est recréative, autant la narration épique de l'entrée de Moscou, par exemple, d'un récit aux vastes proportions, l'est peu; dans ce dernier cas elle trahit la prétention, et rien n'est plus lourd que la prétention. C'est celui des défauts de notre caractère qui trouve le moins d'indulgence, et celui qui réagit le plus violemment sur nous-mêmes.

« Nous pardonnons volontiers, dit la Rochefoucauld, à ceux qui nous ennuient, mais jamais à ceux que nous ennuyons. »

J'ajouterai : surtout s'ils le montrent.

Ne pas avoir de prétention, c'est avoir une véritable supériorité.

Pour peu qu'on analyse l'esprit de conversation dans le *trait,* on reconnaîtra que son principal agent c'est l'antithèse.

Il y a des hommes fort en renom à Paris qui n'ont jamais dit un *mot* sans devoir son effet à l'orientation antithétique de la pensée.

Pour arriver au trait artificiellement, il n'y aurait donc qu'à exercer son intelligence à ce travail du rapprochement des contrastes.

Celui qui a dit que Duprez prononçait si bien en chantant qu'on s'apercevait qu'il prononçait mal, a fait une observation charmante et fort spirituelle. C'est une antithèse!

L'esprit de conversation a quelques lois fixes, ou sa stratégie, si l'on aime mieux.

Ainsi :

« Vous ne raconterez jamais aux vieilles gens. »

C'est la plaisanterie qui doit faire justice en général des attaques qu'on essuie, mais c'est une arme dont il ne faut se servir qu'autant qu'on peut la faire manœuvrer avec habileté.

Des escarmouches, pas de charge à fond.

Il faut se laisser apprendre beaucoup de choses qu'on sait par les gens qui les ignorent.

Il faut parler comme on pense, mais il faut penser comme on sent.

On a toujours plus d'agrément quand on s'abandonne en causant, sans faire aucun calcul de vanité ou d'amour-propre.

Les grands mots, les amplifications, les développements doivent être évités avec soin si l'on veut produire quelque impression.

L'exagération c'est la misère.

La vérité a des mesures que les gens de goût et de bonne compagnie connaissent instinctivement. Il n'y a que le faux et le factice qui se jettent dans l'infini.

Tâchez d'être brillant, mais sans être tourmenté; gracieux sans être affecté; passionné sans être convulsif. N'ayez jamais l'air, selon le mot de Dugazon, de chercher des truffes là où il n'y a que des pommes de terre.

La conversation se symbolise parfaitement sous la figure d'une jeune femme pleine d'imagination et de cœur, d'esprit naturel, de physionomie, de grâce, vive, mobile, impressionnable, avenante. Elle plaît de quelque manière qu'elle se montre, soit modeste et réservée, enveloppée des plis épais d'une chaste robe, soit sous la gaze diaphane du bal, les bras et les épaules nues.

Le rire a sa source dans un sentiment de notre supériorité, qui est plus ou moins explicitement éveillé en nous par celui qui nous parle. Cette philosophie du rire peut servir de levier et de boussole dans la conversation; anatomisez le rire et vous verrez que c'est la bêtise ou l'infirmité d'autrui qui le procure à notre vanité. Chez la femme, c'est souvent un banal et irrésistible instinct de plaire qui le fait naître.

Il ne faut jamais insister avec vivacité sur des opinions indifférentes. Le principal intérêt doit être de plaire à qui l'on parle, et non de lui montrer qu'il a tort.

Il faut se prémunir contre les mots usés. Ainsi, aujourd'hui, on ne peut dire un *lion*, une *lionne*, pour parler d'une individualité excentrique ou extra-remarquable! Il y a des mots nouveaux qu'il faut éviter avec plus de soin encore; BINETTE est de ce nombre.

Un compliment bien senti et jeté dans un bon monde est un des plus savoureux condiments de la conversation entre gens qui s'aiment et s'estiment. Le compliment n'est pas flatterie. L'abus du compliment est une faute; son usage modéré et intelligent est d'un ton parfait. Ne complimenter jamais, c'est ne pas apprécier ceux avec qui l'on se trouve. C'est d'ailleurs montrer une trop grande préoccupation de soi-même. C'est souvent céder à l'envie. Ne pas complimenter parfois les autres, c'est se complimenter toujours soi-même. Il n'y a que les gens très-infatués de leur valeur ou ceux qui n'ôtent jamais leur chapeau aux autres, qui ne complimentent pas à propos.

La moquerie est un plaisir d'emprunt plein de danger, et qu'il nous faut restituer capital et intérêts.

Il importe de ne pas se préoccuper jusqu'à l'inquiétude de la direction que prendra la conversation et de ses hasards.

Le sort des conversations est entre les mains de Dieu. On ne les conduit pas, on les sème.

Dans un salon où l'on sait causer, chacun doit se trouver comme sur un terrain neutre.

Si la conversation tombe, si elle se meurt, ne vous battez pas les flancs pour l'aviver. Prenez votre temps, procédez doucement, sans tapage; surtout, n'appelez pas à votre aide l'empirisme des mensonges, des fausses nouvelles. Vos efforts sauteraient aux yeux, et votre impuissance souvent ferait peine.

« Il est un besoin plus ruineux que le luxe le plus insatiable, dit une femme d'esprit, c'est la nécessité fatigante de toujours soutenir la conversation. Une conversation qui languit est un déshonneur pour une maîtresse de maison. Il faut qu'elle la réveille à tout prix. Dans un si grand péril, tout est permis, tout lui devient secours; elle ira jusqu'à se compromettre, elle racontera ses souvenirs les plus intimes, elle trahira son secret; elle dira ce qu'elle pense.... plutôt que de laisser tomber la conversation. Si elle a le malheur de n'avoir pas un secret à elle, elle vous questionnera pour avoir le vôtre. »

Ces préceptes posent les principaux jalons de la théorie de la conversation.

Un écrivain anglais disait :

« Lorsqu'un sot ou un valet veut passer pour un gentleman, il doit se vêtir d'un bel habit et se taire. »

Cela indique une règle dont l'application sera toujours très-utile à ceux qui ne possèdent ni le talent naturel de la conversation, ni celui qu'on peut acquérir artificiellement par l'étude; c'est-à-dire que le *silence fait souvent mieux nos affaires que les paroles risquées.*

On ne juge jamais un homme sur ce qu'il n'a pas dit, et on le juge souvent favorablement parce qu'il ne dit rien.

Ainsi la théorie du silence complète la théorie de la conversation.

LE QUESTIONNAIRE

LE QUESTIONNAIRE

Combien y a-t-il de catégories ou d'ordres d'hommes supérieurs ? — Trois ; le héros dans l'ordre militaire, les martyrs dans l'ordre religieux, et les célibataires dans l'ordre civil.

~~~~

Quelle est la preuve qu'à l'aide de la fortune on parvient plus vite dans le monde qu'avec le talent ? — C'est qu'un sot en voiture va plus vite qu'un homme d'esprit à pied.

~~~~

Quelle est la valeur des choses ? — L'idée qu'on y attache quand on paye cette chose. C'est le prix qui est l'idée.

~~~~

Qu'est-ce que le bonheur ? — Une mosaïque composée de petites pierres.

~~~~

+

Qu'est-ce qui empêche de trouver le bonheur ? — C'est de le chercher.

~~~~~~

Qu'est-ce que la liberté ? — Une envieuse révoltée.

~~~~~~

Qu'est-ce que l'ennui ? — Souvent une prétention.

~~~~~~

Qu'est-ce que la femme ? — L'idole de l'homme et non sa compagne; du moins mieux vaudrait qu'il en fût ainsi.

~~~~~~

Comment juge-t-on les gens dans le monde ? — D'après leurs prétentions et non d'après leur valeur.

~~~~~~

Qu'est-ce que l'ignorance de soi ? — Une condition de succès.

~~~~~~

Qu'est-ce que le crédit ? — Un prestige.

~~~~~~
~~~~~~

Qu'est-ce qu'une idée qu'on a trouvée ? — Une femme qu'on a séduite; elle ne vous laisse plus de repos.

~~~~~

Qu'est-ce que l'égalité ? — L'utopie des indignes.

~~~~~

Que faut-il dans une fête pour qu'il n'y ait pas de confusion ? — Il faut qu'il y ait profusion.

~~~~~

Qu'est-ce que le merveilleux ? — La raison du peuple.

~~~~~

Qu'est-ce que le bruit à Paris ? — Le succès.

~~~~~

Quelle est la maladie en France qui dévore tous les orgueils ? — Le besoin d'égalité.

~~~~~

Qu'est-ce que la célébrité ? — Un écho qui choisit.

~~~~~
~~~~~

Par quoi le cœur s'attache-t-il le plus solidement ? — Par la douleur; on n'abandonne jamais l'être pour lequel on a souffert : mystère psychologique.

~~~~~

Quelle différence entre le notaire d'autrefois et le notaire d'aujourd'hui ? — Le premier gardait le secret des familles, le second garde leur argent.

~~~~~

D'où vient l'élégance ? — Du caractère.

~~~~~

Qu'est-ce que la conversation ? — La physionomie de l'intelligence.

~~~~~

Comment intéresse-t-on les autres ? — En s'oubliant.

~~~~~

A qui ne pardonne-t-on pas dans le monde ? — A ceux qu'on ennuie.

~~~~~

Qu'est-ce que l'élégance, la conversation et le savoir-vivre ? — Les trois vertus théologales des gens du monde.

Qu'est-ce que l'oisiveté ? — Une agonie.

Quelle est la véritable indigence ? — Manquer de courage.

Qu'est-ce que la vie ? — La lutte.

Qu'est-ce que les rêves ? — Des voyages qu'on ne fait jamais.

Qu'est-ce qu'un enfant pour certaines mères ? — Une échelle chronologique qui marque les degrés de l'âge.

Où la pudeur est-elle placée chez la femme ? — A l'épiderme, et chez la coquette, dans le sang.

On dit que chaque homme a son analogie parmi les animaux, est-ce vrai? — C'est par trop bête.

~~~~~

Qu'est-ce qu'un perdreau trop avancé? — Un perdreau dont personne n'approche.

~~~~~

Qu'est-ce qu'un mauvais dîner? — Un guet à pens (prononcez l'*s*).

~~~~~

Et un dîner insuffisant? — Une sardinapale.

~~~~~

Que pensez-vous de la plupart des vins qu'on boit à Paris? — Ils font venir l'eau à la bouche.

~~~~~

Quelles sont les femmes que les hommes aiment le mieux? — Celles qui leur font faire tout ce qu'ils veulent.

~~~~~

Qu'est-ce que le bonheur ? — Un mot. — Où le trouve-t-on ? — Dans le dictionnaire.

Qu'est-ce que les vers ? — De la prose décorée.

Qu'est-ce qu'un notaire ? — Un homme qui pourrait abuser des minutes.

Comment les femmes de lettres devraient-elles se nourrir ? — De pains à cacheter.

Pourquoi a-t-on dit Caton d'Utique ? — Parce qu'il a eu le tic de se tuer.

Pourquoi dit-on la valse à deux temps, la valse à trois temps ? — Pour que les femmes se souviennent que la valse n'a qu'un temps.

Qu'est-ce que la philosophie? — Règle. — Et la religion? — Conscience.

~~~~~

Qu'est-ce que l'indépendance?— Le luxe de la vie.

~~~~~

Combien y a-t-il de sortes de mariages?— Quatre: les mariages au crayon, ils s'effacent; les mariages au lavis, c'est froid; les mariages à l'huile, ce sont les bons, mais ils sont rares, et parmi eux il y a beaucoup de croûtes; enfin les mariages en détrempe, ce sont les plus communs, mais ils se brouillent facilement.

~~~~~

Indiquez-moi un moyen facile de doubler un capital? — C'est de le placer devant une glace.

~~~~~

Qu'est-ce que l'esprit? — Le bon sens cristallisé.

~~~~~
~~~~~

En quel cas aperçoit-on le mérite d'une bête ? — Quand on vient de quitter un sot.

~~~~~

Quelles sont les propriétés de la chaleur? — De dilater, d'agrandir, d'étendre les corps.

~~~~~

Et celles du froid ? — De les condenser, de les rapetisser, de les amoindrir.

~~~~~

Donnez une démonstration à l'appui ? — L'été, les jours sont plus grands, et l'hiver ils diminuent.

~~~~~

D'où sont tirés les arbres qui entourent la Bourse ? — De la forêt de Bondy.

~~~~~

A quoi servent les dents végétales dont plusieurs dentistes font usage dans leur pratique ? — A man-
~~~~~

ger quand elles tiennent, et à être mangées quand elles ne tiennent pas.

~~~~~

Qu'est-ce que l'élégance? — La jeunesse de la civilisation.

~~~~~

Que cachent la plupart des bas-bleus? — De vilaines jambes.

~~~~~

On dit que les Américains ont fait un vaisseau tout en caoutchouc et qu'ils n'ont pas voulu qu'il prît la mer; savez-vous pourquoi? — De peur qu'il n'effaçât la ligne.

~~~~~

Comment devrait-on appeler un mauvais tableau? — Un dessous de porte.

~~~~~

Expliquez l'essence des révolutions? — Payer des impôts et se taire.

~~~~~

Savez-vous, en parlant de certaines gens, pourquoi

on dit qu'en s'éloignant ils emportent tous les regrets ? — C'est parce qu'ils n'en laissent aucun.

~~~~~

Qu'est-ce que l'amour ? — C'est le plaisir. — Qu'est-ce que l'adoration ? — Le sacrifice.

~~~~~

Qu'est-ce que l'opinion ? — La mode jetée en bronze.

~~~~~

Quel rapport entre les hommes et les livres ? — C'est parce qu'il y en a bien peu auxquels on soit tenté de revenir après les avoir quittés.

~~~~~

Qu'est-ce que l'ennui ? — Le malheur des gens heureux.

~~~~~

Pourquoi ne faut-il jamais voir la femme qu'on aime jouer la comédie ? — Parce que si elle la joue mal, on se désenchante ; si elle la joue bien, on se désabuse.

~~~~~

Qu'est-ce que la distinction? — Le parfait rapport entre la tenue, les manières et le caractère d'une personne.

~~~~~~

Qu'est-ce que l'homme comme il faut? — Celui qui a le respect d'autrui et qui conforme sa conduite à ce sentiment toujours inné chez lui. N'est pas homme comme il faut qui veut.

~~~~~~

Qu'est-ce que la fortune? — En beaucoup de cas, un accident.

~~~~~~

A quel signe, dans les cafés de Paris, peut-on reconnaître que la chaleur est plus ou moins grande? — En raison des glaces qu'on y voit.

~~~~~~

Quels sont les bons médecins? — Ceux qui traitent bien à table.

~~~~~~
~~~~~~

Qu'est-ce que voir et ne plus voir l'objet aimé ? — Le paradis perdu.

~~~~~

En quel cas ne faut-il jamais désespérer? — Quand on attend le malheur.

~~~~~

Qu'entendez-vous par un poulet à la provençale ? — Un poulet digne des *Bouches-du-Rhône.*

~~~~~

Qu'est-ce que la mémoire? — L'intermédiaire entre la matière et l'esprit.

~~~~~

Quel rapport y a-t-il entre les hommes généreux et les vins généreux ? — On les recherche, et ils font toujours moins de bien qu'on ne s'y attend.

~~~~~

Y a-t-il des différences en amour ? — Oui, ceux qui aiment plus et ceux qui aiment mieux.

~~~~~

Et en infidélité? — Il n'y en a pas. L'infidélité est comme la mort: on n'est pas plus ou moins infidèle.

La France moderne est-elle un pays de démocratie ou d'aristocratie? — C'est un pays de médiocratie.

Qu'est-ce qu'un compliment? — Un des condiments de la vie sociale. Ne pas confondre le compliment avec la flatterie.

Que pensez-vous du fameux vers de Chénier :

Plus je vis l'étranger, plus j'aimai ma patrie.

Il pourrait être très-heureusement varianté comme suit :

Plus je vis l'étranger, plus j'aimai l'étrangère.

Quelle différence y a-t-il entre un vieux et un vieillard? — L'homme âgé dont l'art combat les atteintes est un vieillard; le monde lui est accessible.

Celui qui se néglige dans sa tenue est un vieux, il fait peur.

Quelle différence y a-t-il entre le mot *imprimer* et publier? — On peut imprimer un baiser sur les lèvres d'une femme et on ne saurait le publier.

Une femme âgée qui adopte la manière de s'habiller des jeunes personnes gagne-t-elle à être vue? — Elle gagne à n'être pas vue.

Comment intéresse-t-on les autres? — En s'oubliant.

Quel est le type par excellence de la distinction?— Celui dans lequel se trouve l'harmonie d'une double dignité : noblesse de nature et noblesse de condition.

Qu'est-ce que l'élégance sans la beauté du corps et du visage? — De la métaphysique transcendante.

Qu'est-ce qu'une femme en corset? — Un mensonge, une fiction, mais une fiction qui vaut mieux que la réalité.

~~~~~

A quoi peut-on comparer beaucoup d'hommes qui aspirent à faire des conquêtes et qui n'ont rien pour cela? — A un chanteur sans voix qui s'accompagne sur une guitare sans cordes.

~~~~~

Qu'est-ce que le repos? — Le silence du corps.

~~~~~

Comment juge-t-on un homme? — A sa phrase. C'est l'échantillon de l'étoffe qui suffit pour connaître son tissu.

~~~~~

Comment faut-il entrer dans le cœur de certaines femmes? — A quatre chevaux.

~~~~~

A quoi ressemblent certains vieux apothicaires? — A des extraits de Saturne.

~~~~~

L'âme de tous les hommes est-elle immortelle? — Un homme d'esprit, à qui cette demande était faite, répondit un jour : *C'est selon.*

~~~~~

Dites en quoi l'époque actuelle diffère du siècle précédent?—Il y avait des ducs, des comtes, qui prévalaient autrefois : ce sont les viaducs et les escomptes qui prévalent aujourd'hui.

~~~~~

Quel est le titre que devrait prendre le journal qui voudrait être vrai et paraître bien informé? — « Les mensonges d'hier. »

~~~~~

Quelle est la plus belle langue du monde? — Une discussion s'étant engagée à ce sujet entre un Allemand et un Français, l'Allemand pérora longtemps jusqu'au lyrisme en faveur de sa langue et finit son apologie en disant que la langue allemande était si belle qu'assurément c'était cette langue qu'Adam et Ève parlaient au paradis? — Oui, répondit le Français, et c'est pour cela qu'ils en furent chassés.

~~~~~

Qu'est-ce que la raillerie? — Un plaisir qu'il faut payer tôt ou tard avec usure.

Qu'est-ce que la misère? — Un fantôme qui ne fait peur que de loin, et qu'on fait fuir avec l'énergie.

A Paris, quand on cultive les fleurs sur ses croisées, quel est le phénomène d'horticulture qui se produit? — On sème des giroflées, on les arrose, et c'est un procès-verbal qui vient.

Qu'est-ce qu'un sacrifice? — Une espérance.

Qu'est-ce qu'une faveur de la Providence? — Une dette contractée qu'il faut payer tôt ou tard.

Quelles sont, au moral comme au physique, les forces les plus grandes? — Les forces invisibles.

Quelle est l'égalité qui plaît en France? — Le privilége pour tous.

Qu'est-ce que la pudeur? — La discrétion du corps.

Qu'est-ce que la franchise? — La nudité de l'âme, qu'il convient souvent de voiler comme celle du corps.

Quelle est la différence entre la femme diamant et la femme de verre, qui pourtant se ressemblent toutes deux? — La première brave toutes les atteintes, la seconde se casse ou cède au premier choc.

Qu'est-ce que l'habileté? — C'est, dans l'ordre moral, la dextérité en prestidigitation.

Que fait-on quand on use de la vie? — On l'use.

A quoi les gens pauvres sont-ils exposés ? — A ce qu'on leur prête beaucoup de choses, excepté de l'argent.

~~~~~

Comment devrait-on appeler le trait d'esprit ou de raillerie par lequel plus d'un propos ou d'un article de journal dans un certain monde flibustier se termine ? — Le mot de la faim.

~~~~~

Quel est le cadeau, quelque petit qu'il soit, que la femme reçoit avec le plus de bonheur ? — Celui qui, avant de lui être offert, a été aimanté par un regard d'amour.

~~~~~

Qu'est-ce que la gloire ? — Une supériorité toujours contestée; il y a des athées qui mettent la gloire de Dieu en question.

~~~~~

Qu'est-ce qu'un jaloux ? — Un homme emporté par l'irrésistible besoin de n'avoir aucun doute sur la réalité de ce qu'il craint le plus.

~~~~~
~~~~~

Qu'est-ce que l'âge de raison ? — Cette question, un jour, étant faite à un homme d'esprit, il répondit : « La raison est un présent du ciel ; c'est l'âge où on est appelé à être tout ce qui est pénible en ce monde, y compris le droit d'être condamné à mort. »

~~~~~

Qu'est-ce qu'une habitude ? — Presque un vice.

~~~~~

Que font certains hommes qui s'écoutent parler ? — Ils écoutent souvent un sot.

~~~~~

Qu'est-ce qu'un néologiste ? — Un homme qui produit des mots à son pays.

~~~~~

Qu'est-ce que le droit ? — Une fiction consentie pour régler les instincts humains.

~~~~~

Qu'est-ce qu'un principe ? — Une fiction qui règle les passions au profit de l'ordre général.

~~~~~

Combien y a-t-il de sortes de prestiges? — Deux, dont l'un est séduisant, l'autre séducteur.

~~~~~

Qu'est-ce que l'amour pour la généralité du monde? — Un succès. Être aimé, c'est prouver qu'on est aimable.

~~~~~

Quelles sont les femmes qu'on laisse régner? — Celles qui sont les plus soumises.

~~~~~

Qu'y a-t-il de plus rare, littéralement parlant, à notre époque? — Un livre qui supporte la lecture.

~~~~~

A quoi se révèle la fausse modestie de beaucoup de femmes du monde? — A faire tout qu'elles peuvent pour qu'on parle d'elles et à demander qu'on n'en parle pas.

~~~~~

Quelle est l'ivresse des avares? — Celle des chiffres.

~~~~~

Quel est le genre de beauté que possède une femme au teint très-coloré ? — Une beauté langousteuse et non langoureuse.

~~~~~

Pourquoi les imbéciles meurent-ils généralement sans agonie ? — Parce qu'ils n'ont pas d'esprit à rendre.

~~~~~

Qu'est-ce que la toilette ? — Une femme d'esprit a dit que c'était le prospectus de la femme.

~~~~~

Quelle est la seule vraie richesse ? — Le temps.

~~~~~

Quelle est la véritable poésie des femmes ? — La coquetterie.

~~~~~

Quelle différence entre les riches et les pauvres ? — Dans le monde des réalités, les riches vivent aux dépens des pauvres; dans le monde des idées, ce sont les pauvres qui vivent aux dépens des riches.

~~~~~

Qu'est-ce que le hasard ? — L'incognito de la Providence.

~~~~

Qu'est-ce que l'originalité ? — Une prétention.

~~~~

De quoi meurent la plupart des feuilletonistes de Paris ? — De maladies chroniques.

~~~~

Comment le succès nous venge-t-il des attaques de l'envie ? — En les expliquant.

~~~~

Quelle est la vraie devise des Français aujourd'hui ? — Chacun pour soi ; aucun pour tous.

~~~~

Quel est l'amant anonyme de certaines femmes ? — Tout le monde.

~~~~

Qu'est-ce que la fortune représente sous les traits

d'une femme? — Ce n'est pas toujours une femme de goût.

~~~~~

Qu'est-ce qu'un mauvais champagne à la glace? — Un vin frappé d'hypocrisie.

~~~~~

Qu'est-ce qui vaut la peine qu'on se donne? — Rien.

~~~~~

Qu'est-ce que l'amitié, l'amour, la bienveillance et le dévouement?—Des cordes qui concourent à l'harmonie sociale quand elles vibrent.

~~~~~

Qu'est-ce qu'un système? — Un tout petit cercle dans lequel on prétend faire entrer le monde.

~~~~~

Qu'est-ce que le théâtre? — Le développement dans la concentration.

~~~~~

Pourquoi faut-il faire de très-bonne grâce ce qui nous coûte le plus de sacrifices? — Pour ne pas souffrir et perdre le mérite de la souffrance.

Qu'est-ce que « Ma parole d'honneur » sur les lèvres de certaines gens? — Le grelot du serpent à sonnettes.

Comment réussit-on dans les affaires? — En étant maître de son caractère, de sa physionomie et de son intention.

Qu'est-ce que l'étude? — Le lustre de l'homme d'éducation.

Qu'est-ce que l'indépendance? — Vivre de peu.

Qu'est-ce que l'amour pour l'homme? — Volupté.

Qu'est-ce que l'amour pour la femme? — Vanité.

Qu'est-ce que la gloire? — Le jour où vous perdez un bras l'on vous admire; quelque temps après vous êtes *le vieux manchot*.

~~~~

Quelle est la difficulté d'un gouvernement fondé sur la capacité? — C'est de résister aux incapables.

~~~~

Qu'est-ce que l'ambition? — Une mangeuse de temps.

~~~~

Qu'est-ce que se donner, pour certaines femmes?— Se sacrifier; elles savent ce qu'elles doivent y perdre.

Et pour d'autres? — Une fête; elles savent ce qu'elles doivent y gagner.

~~~~

Comment un bienfait fait-il appel à l'ingratitude? — Lorsqu'il va jusqu'à rendre les obligés indépendants du bienfaiteur.

~~~~

Comment convient-il qu'une femme en France de-
~~~~

vienne académicienne ? — En épousant un académicien, comme certaines deviennent duchesses en épousant un duc.

~~~~

Quand un homme en France n'est pas mené par sa propre femme, par qui est-il mené ? — Par la femme d'un autre.

~~~~

Qu'est-ce qu'une Française ? — Une vanité folle et un cœur plein de bon sens.

~~~~

Qu'est-ce que la fatuité ? — Une espérance.

~~~~

En guise de paratonnerre, que devraient mettre la plupart des faiseurs d'affaires sur leurs demeures ? — Des paragalères.

~~~~

Où se plaît-on le plus ? — Là où l'on est flatté.

~~~~

Qu'y a-t-il de distingué aujourd'hui dans la toilette de rue d'une femme comme il faut? — Le commun.

~~~~~

Comment finit-on habituellement les concerts? — Par des ouvertures.

~~~~~

Quelle est la fleur qui aujourd'hui remplace la violette comme emblème de la modestie? — Le lis, puisqu'on l'oblige à se cacher.

~~~~~

Comment dit-on d'une femme qui aime les jolis garçons? — On dit qu'elle a le cœur près des yeux.

~~~~~

Qu'est-ce que l'étiquette? — La convention de l'ennui.

~~~~~

Celui qui n'a pas souffert, que sait-il? — Rien.

~~~~~

Celui qui a beaucoup souffert, que sait-il? — Trop.

~~~~~
~~~~~

Qu'est-ce que le génie? — L'idée fixe.

Qu'est-ce que le talent? — Le travail persévérant.

Qu'est-ce qu'être prodigue? — C'est se faire son propre héritier.

Qu'est-ce qu'un homme prudent? — Une épingle; sa tête l'empêche d'aller trop loin.

Pourquoi aimez-vous les femmes maigres de préférence aux autres? — Parce que je me crois plus près de leur cœur.

Qu'est-ce que la distinction? — La parure de ceux qui se respectent.

Qu'est-ce que le mariage? — Une navigation pendant laquelle un homme est à la mer et une femme au gouvernail.

Qu'est-ce qu'un dîner de gala sans huîtres? — Le supplice de Cancale.

Qu'est-ce que l'amour pour certains? — La femme d'autrui.

Quelle est la femme qui nous aime? — Celle qui nous admire. — Quelle est la femme que nous devons aimer? — Celle qui nous fait admirer.

Qu'est-ce qui fait la valeur d'un homme? — L'intelligence.

Qu'est-ce qui fait le caractère? — La dignité.

FIN.

H·P
LABOR ·
IMPROBVS ·
OMNIA VINCIT

www.ingramcontent.com/pod-product-compliance
Ingram Content Group UK Ltd.
Pitfield, Milton Keynes, MK11 3LW, UK
UKHW022127260726
13993UKWH00003B/1283